JN117458

妄想でござる

嘘から出たまことの歴史物語

善左衛門
ZENZAEMON

文芸社

はじめに

　この本は私の妄想である。

　妄想とは言え、知らなかったことを知ることによって、人はその妄想からでも何かを感じ取り、そして何かの行動に移ることができる。

　この本を読むにあたって、内容があまり混在してしまわないように行間を空けてみた。

　それでも「ん～、これは何のこと？」

　そう思ったなら、解（わか）らないことは捨て置いて先に進めば良いと思う。

　まず理解できる所が1つでもあれば「幸先（さいさき）がいい」と思えば良いのだ。

　解らないことまで覚えておく必要はないからである。

　解らないことでも何度も読み返しているうちに、「あぁ～、あの解らなかったことは、こういうことだったのか！」と見えなかった話が見えてきて、そして理解できるようになる……はず。

　書き上げるためのヒントをパソコンからいろいろと頂いたように、この本を読んでいくうちに、読者の方々にも何かしら「ひらめき」がくるような気が……する。

この本は単に、あの「箱の鍵」を持っていたので開けてみただけである。
　何が入っているのかは、一人ひとりが見つけていくことなのだろうと思う。

　人類が経験したことのないことが今、起きていると思えたなら、この本の意味が少しは解るかもしれない。

　人は自分が正しいという間違えた基礎を作って、さも「これでいいのだ！」と自分勝手に完結してしまう。
　その間違えた基礎を全て取っ払って読んでいただきたい。
　間違えていた基礎からは、正しいことは成立しないものである。

　あなたの身の回りに不思議なことが起きてくるかもしれない……はず。

目　次

本文イラスト　虎太郎

1　行方知れずにござりまする
口伝されたことは嘘か

　人々よ！　もう目覚めても良い頃だろう。

　起きてくれないか！

　人生には「まさかの坂がある」と言われるが、その「まさか！」に出会ったことで真実の扉が開くのだ。

　今のこの世そのものが「まさか！」だったのだ。

　今の時代は誰もが苗字を持ち名前を持っている。

　これを当たり前という。

　氏名の無い人など、どこにも存在はしないのだから。

　けれども、この当たり前な状況ができ上がったのは、なんと、今から150年前のことなのである。

　信じてくれるかい？

　江戸時代が戊辰戦争で幕を閉じた時に、新しい国として明治政府ができた。

　そして、この国の人々に、

「平民苗字許可令」というおふれが政府より出された。

　それはどういうことかと言うと、

7

「一般市民の皆さんよ！

これからは、あなた方も、
苗字を持ってもいいですよ」

　というお知らせである。

　なんと、江戸時代までは、苗字を持たない人々が、この国の9割をしめていたらしい。

　ということは、ほとんどの人々が苗字を持っていなくて、下の名前だけだったということである。

　例えば竹林が植わっている家の近くに住んでいる「八」という名の人がいたとするならば、その人は「竹林のはっつぁん」とか呼ばれていた。
　また、松林の近くに住んでいれば、「松林のとめさん」とかと呼ばれていたのである。

　明治になって、そのまま「竹林」や「松林」の呼名を苗字にした人もいるだろうし、全然違う苗字を付けた人もいるだろう。

　では、苗字を持っていたであろう残りの10人のうちの1人の人々とは、一体どなた方なのか？　と思われるだろう。

　それは「士農工商」という身分に分けられていた「士の方々」である。

　いわゆる武士の方々が、国民のうちの1割を占めていたのだ。

　それが、この苗字の始まりができた明治という時に、

生まれるものあれば、消えゆく者がある。

　唯一この国で苗字を持っていたサムライが消えていってしまったのである。

　苗字を持っていたサムライたちは、親をさかのぼり何代も上の先祖に辿り着く人々がいる一方、すぐ上の親さえも、さかのぼれない人々もいる。

　ずうっと繋がって解る人々がいるということの裏に、忽然と切れてしまっている人々がいるのだ。

　この国には500年近くも前に建てられた城がまだ存在していて、現実にサムライたちがその城にいたというのに、城は在るけれどそこに住んでいた人々が解らない。

　城は確かに在るのに、まるで霞がかかったかのように、闇の中に消えてしまっている人々がいる。

一人のサムライの糸が、ぷっつりと切れてしまっているのだ。

　ここに、このサムライを最後の人として、この一族は明治と共に平民になった。

彼の名は、
「松江善右衛門広蔭」

　廃藩置県という名の下、城と共に消されたサムライたちの一人である。

　これは最後のサムライ、「松江善右衛門広蔭」の数少ない情報である。

　戊辰戦争の時、彼「松江善右衛門広蔭」は、東北地方の海岸線沿いに陣を張ったという。

　東側には「松江」が陣を張り、西側には「坂本壮助」が陣を張った。
　しかし彼らは**戦わずに**川越へ帰って行ったという。

　この松江氏、殿様の一族であるとも伝えられている。
　また、槍の指南番でもあったという話もある。

　殿様の一族であるならば、陣を張ったということは頷^{うなず}ける。

　この国は1871年（明治4年）、藩を廃止して県を置いた。

　いわゆる**廃藩置県**である。

　　　　この国の教科書は、そう教えている。

　だが、この国には藩などは存在しなかった、と言う歴史研究家の方もおられる。

　教科書で習ったのは「藩」をやめて「県」にしました、という過去の歴史である。

　どちらが真実なのかは解らない。

　所詮^{しょせん}、どちらもネットの中の情報である。

　江戸時代に生きていたわけではないので、正しいかどうかは解らない。

　全ては憶測^{おくそく}でしかない。

　松江氏は明治になって、1871年に、小江戸と呼ばれた川越のその地を離れて、辺鄙^{へんぴ}な片田舎に移り住んだ。

　サムライ「松江善右衛門広蔭」は、その時35歳。

友人、三浦氏・佐々木氏・松井氏・小幡氏と6歳にな
る娘ヨシノを伴って、彼らは途中、福島県の須賀川とい
う地に立ち寄ったという。

　この松江善右衛門、長男寛明が建てたという墓に刻ま
れている文字は、

「武州川越藩士　松江善右衛門広蔭」

　川越の藩士であると、確かに墓に刻まれているのだ。
　藩など存在していなかったのなら、何故「藩士」と
彫ったのか？
　不思議である。

　殿様だったと言われてきても、墓石には、「川越藩士」
と刻まれているのである。

　戊辰戦争では、確かに陣を張ったと伝えられてきてい
るのに……。

殿様だったと言われてきているのに……。

　現実は武州の国の川越藩の士《さむらい》であると刻まれている。
　その頃は、真実を語ることのできない国の情勢だったのだろうか？
　そしてこの松江氏を追いかけ辿り着いた歴史は、殿様ではなく、

「切米《きりまい》　五石六斗《ごこくろくと》二人扶持《ににんぶち》」

という身分だった。
　……なんと身分の低いサムライであろうか。
　……下級武士である。

　殿様であると言われてきた話とは、程遠い松江氏であった。

　歴史に残されていた身分は下級武士だったのだが、されども、まだまだ不思議なことがある。

　馬に乗せられて父上と行動を共にしていた娘「ヨシノ」は、
　川越城の奥方様《おくがたさま》の部屋で生まれた。
　とも伝えられてきている。

何故、こうも話がチグハグなのか？

　城の奥方様の部屋で、慶応元年（1865年）頃に生まれた「ヨシノ」。

　しかし、歴史に刻まれていた父上善右衛門の身分は、殿様どころか、何ともかけ離れている、

「**切米　五石六斗二人扶持**」

　である。

　この下級ザムライの奥方が城中で、しかも城主の奥方の部屋で子供を産むことなど、ありえることなんだろうか？

　言い伝えによれば、彼「松江善右衛門広蔭」は、福島県の白河の殿様だったとも伝えられていた。

　　　　　白河の殿様が、

川越では

下級武士になっている。

なんともおかしな話である。

　幕末がどれほど混乱していれば、殿様の身分が下級武士になるんだろうか?

　ありえないことだ!　小さな「まさか!」である。

　しかし、白河の城主であったという松江氏の記録は、どこにも残されていない。

　だが、不思議なことに、「家来だった」ということは、この国の歴史に残されているのだ。
　幽霊武士ではないのである。
　偽りの墓石ではないのである。
　歴史に残されている確かなこと、それは、武州の国の川越藩士、五石六斗二人扶持の松江善右衛門広蔭は、「周防守の家来」であったと言われている。

　川越藩には、何故か、大和守と周防守の2通りの家来が存在していた。
　何故2通りの家来が存在していたのだろうか?

15

川越の殿様には家来がいなかったのだろうか？

　周防守と大和守に家来を譲ってもらったのだろうか？
　混乱していた幕末だから、それもあり！　なんだろうか？

　それにしても、100歩譲って善右衛門が家来であったとするならば、仕えていたであろう1871年時の川越の城主は一体誰だったのか？
　1871年まで彼らは川越にいた。
　そして1871年に、松江たちは廃藩置県と共に川越の地を離れたのである。

　ネットの中の情報が正しいとは思わないが、それでも頼る情報は、このネットの世界の情報でしかない。

　周防守の家来だと残されていた記録。
　周防という言葉から、こんな唄がちらついてくる。

　これは、わらべ唄である。

♫　♫　♪
　いちかけにかけてさんかけて
　しかけてごかけてはしかけて

はしのらんかんてをこしに
はるかむこうをながむれば
十七、八のねえさんが
おはなとせんこうをてにもって
ねえさんねえさんどこいくの
わたしはきゅうしゅうかごしまへ
めいじ三十七、八ねん　せっぷくなされたちちうえの
おはかまいりにまいります
おはかのまえでてをあわせ
なむあみだぶつとおがんだら
おはかのなかからゆうれいが
ふわりふわりとジャンケンポン

♬　♬　♪

「ひらがな」ばかりで書いたのには訳がありまする。

　これは、次に書く予定の『妄想は迷走中』の中でお答えするといたしましょう。

　そしてこの唄から思い浮かぶのは、岩国の「錦帯橋」である。

　岩国とは周防の国の一部である。

　善右衛門殿が、こう言っているような気がするのだ。

拙者は周防殿の家来でござるぞ。
周防でござるぞ。

17

　されど、はてさて周防殿とは一体？

　どなたでござりましょうや？

　この方も行方知れずにござります。

　周防守殿とは一体誰を指しているのだろうか。

　周防守の家来「松江善右衛門広蔭」。

　この国の歴史では、明治に変わった最後の川越藩主は

「松井松 平 康載」と記されていた。
<ruby>松<rt>まつ</rt></ruby><ruby>井<rt>い</rt></ruby>松<ruby>平<rt>まつだいらやすとし</rt></ruby> 康載

　しかし、この人が藩主の座に就いていたのは「16日

間」とある。

　わずか「16日間」である。

**　　　たった16日間しか藩主の座に就いていないのに**

歴史に書き残すとは？

この国の歴史は、
　　　「正しく、事細かく書きましたぞ！」
とでも言いたいのか？

はたまた「混乱させるため」に歴史に書き残したのか？

仮に川越藩の家来であったとしても、たった16日間しか殿様の座に就いていない人の家来であるとは言い伝えたくもなかろう。

関係性が感じられない。

白河にも周防にも関連している事柄が何も無い。

そんなこの人、康載の家来であったとは考えづらい。

加えて興味も湧かない。

この話、独断と偏見で追いかけておりまする。

ならば、この「松井松平康載」の前の殿様は誰だったのか？

1864年に棚倉の藩主に就いた老中「松平周防守康英」と書いてあった。

時は明治元年、1868年である。

この人は1864年〜1865年まで棚倉の城主だったとい

19

う。

　この人を追いかけると、1865年1月、周防守を名乗り名前を康英とする。

　同年3月、宇都宮へと言われるも、10月、宇都宮への引っ越しが中止となる。

　老中も辞職した。

　翌年1865年、白河へ命ぜられるも中止。

　翌年1866年10月2日、川越城に入った。

　この人、途中から「周防守」と名乗っているのだ。

　嘘っぽい記録である。

「周防守」と「白河」という言葉が気にはなるが、この不確かな動きには興味が湧かない。

　この落ち着きのない事柄は、何故か辻褄（つじつま）合わせに見えてくる。

　やっぱり混乱させるために歴史に書き残したか？

　しかし、棚倉（たなくら）に何か繋がりはないだろうか？

　と思うのである。

　何故なら、棚倉と白河は隣同士である。

　しかも善右衛門が川越から落ち着き先までの途中に寄ったと言われている

須賀川も福島県内にある。

福島繋がりで棚倉の殿様を追ってみた。
そこにいたのは石見（いわみ）の国の殿様だった。

周防と石見……近いとは思いませぬか？

「松井松平康爵（まついまつだいらやすたか）」27歳
石見国浜田（いわみのくにはまだ）より陸奥国棚倉（むつのくにたなくら）へ入る、とある。

時は天保七年（てんぽう）（1836年）、「左遷（させん）」だったと書かれて
いた。

この殿様に興味が湧いてきた。

　周防守の家来であるならば、善右衛門の父上がこの殿
様と共に棚倉へ入ったのではないだろうか？
　松江善右衛門は1836年頃に生まれているので、殿様
と行動を共にしているのは善右衛門の父上であろう。
　そうなのだ。
　この父上が一体誰なのかが、さっぱり解らないのだ。

善右衛門の父上は、いずこぞ。

　因（ちな）みにこの善右衛門は、坂本龍馬（さかもとりょうま）と同じ時代の人で

ある。

　あの龍馬の履いているブーツが気にかかるが捨て置いて、この石見の国の殿様、松井周防守は何故棚倉へ行ったのか？

　その棚倉入りの原因は「竹島事件」であった。
「竹島事件」とは？
　今は独島と呼ばれてしまう竹島のことである。
　天保元年1830年頃から天保7年1836年までに起きた密貿易事件である。

　大塩平八郎の乱も気にはかかるが……。
　捨て置いて。
　この事件の結果として、康爵の父上は隠居蟄居で表舞台から消え、息子康爵は福島県の棚倉へと左遷させられたのである。

　ここで事細かに書かれていた城明け渡しの資料を見つけたが、松江という家来の名前は出てこなかった。

　因みにこの松井家、1649年〜1759年までの110年間、浜田の城主を続けていた。そして10年間を空けて再び1769年から事件が起きる1836年までの67年間、あわせて**177年間**、浜田の城主だった。

今は明治から、たかだか**150年**である。

この時代の時計は、ゆっくりだったのだろうか？

何とも、今の時代の不安定さが見えてくる。

いっそ名前から探すのをあきらめて、殿様の**家紋**であったといわれた「丸に違い鷹の羽紋」を追ってみてはどうかと思うのである。

苗字が駄目なら「**家紋**」でござろう。

丸に違い鷹の羽紋の殿様はおられませぬかぁ？

おぉぉ〜〜〜〜〜い！

2 家紋は丸に違い鷹の羽紋

そこにいたのは阿部一族

松江家の家紋、それは「丸に違い鷹の羽紋」。

　ネットの中で検索していると出てきたのが、森鷗外の書いた『阿部一族』だった。

死ぬに死ねない阿部一族。

何故か気にかかり、この阿部家を追ってみた。

この家紋の「阿部家」は「佐貫家」「福山家」そして

「白川家」と3家に分かれていた。

　なお、「白川」と「白河」は同じなので、表記の違い
は気にしなくてよい。

　そして、これが白川城主の阿部家の家紋である、と言
われている。

　松江家の家紋とは、ちと異なるが、家紋は決まりきっ
ているわけではなく、用途によって変化させたらしい。

本家福山家の家紋

佐貫家の家紋

　「白川」という言葉に誘われて、ますます気になる「阿
部家」である。

　そして何よりもこの本家阿部家の**「家紋の丸」**は、他
の丸よりも**「太くなっている」**らしいのである。

　墓石の家紋の○の太さが、ちと太いとは思われぬか？

因みにこの鷹紋は、1281年には既に存在していたらしい。

　神風が吹いて、元軍をこの国に上陸させなかったという「蒙古 襲 来」があった年である。
　既に鷹紋の阿部が、そこにいるのである。

　この川越の松江氏、殿様だったと言われていた松江氏。
　されど「五石六斗二人扶持」の下級武士だったいう松江氏。

　幕末に何か訳があって、**「阿部を名乗れなかった」**と仮定したならば……。
　そう！　妄想である。
　そう思って、阿部を追ってみた。
　何度も申し上げる。これは独断と偏見である。

　浜田の城を**出る時の資料**には、「松江」は勿論「阿部」もいなかった。
　しかし、**驚くなかれ！**

「松平周防守」が「棚倉」へ**入る時の資料**、そこへ出てきた名前が……。

2 家紋は丸に違い鷹の羽紋　そこにいたのは阿部一族

武具奉行

阿部忠兵衛

同　　　　　　　　　　　　　　林　団右衛門

浦町奉行　寺社方　兼　宗門奉行　都筑平之進

郡奉行　　　　　　　　　　　　　福原左衛門

忽然と「阿部」が出てきたのである。

殿様と言われていて下級武士だった松江も不思議だ
が、突然現れる、この「阿部」も不思議であろう。

松江家には槍の指南番がいたという話もある。

この武具奉行という役職名も、ますますもって何とも
いえませぬ。

この「武具奉行」という言葉は江戸幕府の職名であ
り、文久3年（1863年）に弓矢や槍を担当する具足奉
行の名を改称した役職名である、と辞書には載ってい
た。

けれども、この阿部忠兵衛殿、この名前が書かれてい
る資料には、

「天保七年　浜田棚倉」

と書かれているのである。

天保7年とは1836年である。

「1836年」の資料に書かれていた役職名なのに、この国の歴史は、この役職名が生まれたのは「1863年」だと書いている。

　ネットの中の辞書を書いたあなたが間違えたのか？

　はたまた、誰かが意図的に書きかえたのか？

　小さな「まさか！」

**　　　　　歴史は嘘をついている。**

　今の世の中の情報も、何が正しく、何が嘘なのかを見分けるのは難しいが、この世は、いずこも**まやかし**なのだろうか。

　先の竹島事件で浜田から棚倉へ左遷されて来た松井松平康爵（まついまつだいらやすたか）。

　川越の周防守の家来だった松江善右衛門広蔭（まつえぜんえもんひろかげ）。

　なんと、あの川越藩の2通りの家来の殿様である松平**周防守**と松平**大和守**が、その資料の中に一緒にいた。

　それは「安政二年　前橋　白川　棚倉　所替等留（ところがえ）」とかかれた資料である。

　この資料も**専門家**（せんもんか）は、「**1868年に書かれたものである**」と言い切っているが、某（それがし）は、やはり安政2年の資料

であると思っている。

　何故なら、この資料の中に江川太郎左衛門という者の名が書かれているが、彼は1855年に亡くなっている。

　安易に1868年である等と専門家の方に言われてしまえば、知識無い者には、ますますもって不可解な資料になってしまうだろう。
「専門家」という肩書は、一体誰がつけたのじゃ。
　はなはだもって怪しからん！

　この武具奉行、阿部忠兵衛の身分では奉行止まりだろうが、この文書の中に、殿様の家紋、違い鷹の羽紋を持つ阿部はおられぬか。
　真実であるならば、真実の糸は繋がってゆくはず。
　そう思って追いかけて、そして見つけましたぞ。

彼の名前は「阿部 長吉郎」。

　しかも、この阿部長吉郎は白川におられました。

　白川にいた「丸に違い鷹の羽紋」の家紋を持つ
「阿部長吉郎」。
　彼が、もしも、もしも彼が、**白川から川越に移って行っていたのなら……**。

…………何といたそうか？

　1836年、竹島事件により浜田から棚倉へ移った松井
家。
　そこに出てきたのは、白川にいた阿部家。
　公儀へ刃向かうこともせずに、1836年、不本意に浜
田から棚倉へ飛ばされて来た松井家だったが……。
　　　　　　　恐ろしや、恐ろしや、

　某、その資料の中に、もっと恐ろしいものを見つけて
しまった。

御番衆ハ、全 別人ニ 候 得共

全　別人ニ　候

　御番衆とは「ごばんしゅう」と読み、宿直警護にあ
たる者、**将軍及び御所の警護**にあたる者とある。

　将軍、或いは御所の警護の者が「別人」であるなら
ば、守られている**本人も偽物**ではないのか？

　偽物で固めてしまっているのか？

　　ひょっとして、この国の歴史も偽ものか？

「全く別人に候」は、漢字が読めればそこそこ理解はできるけれども、文章となると、もはやこれまでで……！
　ご免こうむりたい。

　　　　悲しいことに、その文書が読めないのだ。

　　　　　　　明治は一体、

　　　　　　　　人々に

　　　　　　何を教育したくて

　　　　　学校を創ったのだ？

　　　　何を洗脳させたかったのだ？

　たかだか150年前の先人たちが書いた文書を、読むことも理解することもできないとは、何とも嘆かわしい。

　　　　それがサムライたちを消し去った、

　　　　明治がしてきた教育なのであろう。

不届きものである。
ふとど

これを読んでいる、そなた。
何を馬鹿なことをと思われるか？

　　　　　　ハッハッハッハッハァ〜！
　　　　　某の……妄想でござる。
　　　　それがし

3　川越城を差し上げ候
解読できない古文書

　これは白川にいた「阿部長吉郎」が書いた手紙である。

　読めるものなら代わりに読んでほしいものだ！

　どうせ読めないのだから、飛ばしてくれて結構である。

私儀、此度陸奥国棚倉江所替被仰付、奉畏候、就而ハ
早々引移可申処、養祖父播磨守儀、去ル亥年三月中御当
所為御警衛、火急ニ出府被　仰付、相勤候内、八月中
俄ニ京都御守衛被　仰付、多人数召連罷登候処、
病気ニ付、人数ハ○差置、十二月中罷下リ、翌子年春中
死去仕、

父豊後相続被仰付、同年六月御役罷仰付候、
以後京阪御用度々被仰付、昨十月迄四度往返仕候処、
其都度々々在所ヨリ多人数呼寄召連候付而ハ、
白川城郭併家中住居向、大破之場所々々多御座候得共、
夫等之儀ハ頓ト打捨、更ニ手入不任、大破之場所而巳多
罷成候処、

去十月豊後在坂中重キ御沙汰之上、御役御免ニ付、
帰府早々在所表江被越、
謹慎仕居候処、猶此度重キ蒙御沙汰、隠居蟄居被　仰
付、
為家督　私ニ拾万石無相違被下置、前文之通リ所替被、
仰付、差扣モ伺之通被　仰付候処、此程　御免被仰付、
難有仕合奉存候、
然処前文申上候通、年来破損之場所打捨置、

___

　この国の先人たちが書いた、この手紙。
　たかだか150年前に書かれたこの手紙。

　学校の国語の先生方も、これを解読できますかな？
　先人たちが書き残した大事な資料。
　この国で生まれ、この国で学んできたのに、何故「古
文だ、漢文だ！」と、要らぬものを教えられ、大事な資
料が読めない教育をされてきたのか。

　この国の教育「ちょっと立ち止まれ！」であろう。

　専門家でもないし、知識も無いので正しいかどうかも
解らないが、何となく漢字を感じで解釈してみた。

　妄想の迷走である。

　真逆の解釈があったとしても、笑い飛ばしていただきたい。

＊＊＊＊＊＊＊＊＊＊＊＊＊＊＊＊＊＊＊＊＊＊

　私、この度、陸奥国棚倉へ所替えを仰せつかりました。
早々に引っ越しをせねばならない処ではありますが、
養祖父播磨守が、去る亥年三月中に、当所の御警衛のため急いで出府し、お勤めをしておりました処、八月中に、しかも急なことに、今度は京都御守衛の役を頂き、
多人数の家来を連れて出かけましたが、病気になってしまい、

家来を当地に残したまま、

十二月中帰って参りました。翌子の年、春中、
死去致しました。

父、**豊後は相続**を仰せつかりました。
同年六月、御役も仰せつかり、それから以後は、
京都と大阪に度々御用あり、

昨年十月までに**四度往復すること**になり、その都度々白川より多くの人数を呼び寄せては、召連れて行っておりました。

白川　城郭や家中の者の住居など、大破の場所はたくさんありますけれども、それらのことは頓と打捨てております。

去る十月豊後大阪の勤務中、重き沙汰を受け、御役御免となりまして、在所白川へ移り、謹慎しておりました所、尚此の度重き沙汰を受け、隠居蟄居と相成りました。

その為、私は十万石を相続、前文の通り所替え仰せつかり、差控えておりました所、此の程、御役を仰せつかり、有難き幸せに感じております。

しかし、前文にも申上げました通り、破損の場所は打ち捨ててあります。

＊＊＊＊＊＊＊＊＊＊＊＊＊＊＊＊＊＊＊＊＊＊＊

　そのほったらかしの状況の白川の城とは、次のように書かれている。

＊＊＊＊＊＊＊＊＊＊＊＊＊＊＊＊＊＊＊＊＊＊＊

白川城は古城であり、
壁も石垣も崩れ、**橋は無く、**
その橋を作ることもできず、

**　　　　丸太木を架けてある。**

土地も湿地で春・秋は雨が続き、冬は極寒である。
家来たちにも長屋なども無く、

仕方がないので
武術稽古場を中元部屋とし、
門番たちと共に雑居しております。
＊＊＊＊＊＊＊＊＊＊＊＊＊＊＊＊＊＊＊＊＊＊＊

　また、別の文書には、

＊＊＊＊＊＊＊＊＊＊＊＊＊＊＊＊＊＊＊＊＊＊＊
当時、私たちは江戸と白川に別々に住んでいました。
白川には
養高祖父養弘とその妻、
その他子供六人と父豊後、

江戸には

阿部長吉郎・故飛騨守後妻・故能登守後妻・父豊後の
妻・子供三人・分家徳二朗、

江戸と白川に
十七人が、それぞれ別々に住んでおります。
＊＊＊＊＊＊＊＊＊＊＊＊＊＊＊＊＊＊＊＊＊＊＊＊＊

　周防守の家来であった「松江善右衛門広蔭」。
　彼がもしこの阿部長吉郎だと仮定したならば、

　川越へ行っていないか？　と当然、松江を追ってみた。

　そして、その文書には、川越の城主である「松平大和
守」がいた。

大和守義、上州前橋表築城之儀蒙　台命節、同処成功引
移相済候上、川越城差上候様被　仰聞御座候ニ付、専右
之心組ニ罷在候所、此度奥州棚倉、来正月中阿部長吉郎
様江御引渡被成候様、松平周防守様江御達被成候間

そしてこの松平大和守が、阿部長吉郎殿へ、

「川越城を差し上げます」

という文書を送っていた。

　そしてこの長吉郎へ、川越の城を譲って、大和守はどこへ行ったかというと、

　彼は、前橋の城を修復して移り住んだのである。

　ただ、この大和守も一体誰なのかが解らない。
　ひょっとすると、この大和守は阿部長吉郎の弟ではないだろうか？　と思うのである。

　1836年、竹島事件で浜田城から棚倉城へ移って行った松平周防守康爵は、1853年、「宇都宮城」へ移った。

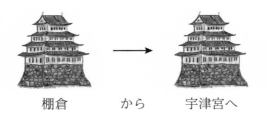

棚倉　　　　から　　　　宇津宮へ

棚倉城が空いたので、白川城にいた父豊後や養祖父播

磨守と美作守と女子供が、

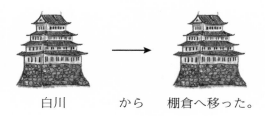

白川　　　　から　　棚倉へ移った。

　妻と娘は13日に……養弘は17日に引っ越した、とある。

　ボロボロだった**白川城は公儀へ返した。**

　川越城にいた大和守は前橋城へ移った。

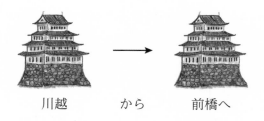

川越　　　　から　　　前橋へ

　空城になった川越城へは、江戸屋敷にいた阿部長吉郎が入った。

川越へ

　　松江善右衛門広蔭が阿部長吉郎と仮定するならば、**白川にいたのは、阿部長吉郎の父、阿部豊後守。**

長吉郎の祖父は解らないが、
長吉郎の養祖父は阿部播磨守。
長吉郎の父豊後は播磨守を相続。
長吉郎の曾祖父は解らないが、
長吉郎の養高祖父の名は養浩。
と、途切れてはいるが、

1本の糸ができ上がってきた。

ネットにかすりもしない、名も無き人。
ますますもって、

真実は闇に隠されている！

　　1836年、棚倉へ来た周防殿と、白川で落ちぶれていた阿部家は、それぞれの家来を呼んで情報を確認しあっ

た。

　そこで見えないことが見えてきた、と思われる。

　両家は幕府の罠にはまったと確信したのではないだろうか？

　この国の歴史に、前橋城の城主が松平大和守であると残されてはいるけれど、書き残されたその大和守には非^{あら}ずである。

　別人^{べつじん}なのである。

　川越城の城主が阿部長吉郎であると、歴史には残されていない。

　松江善右衛門が、どこぞの城主であるとも歴史は語らない。

彼らは闇の中にいる。

　曇って見えないどころじゃあない。

　真っ暗闇じゃ。

　闇に消えてしまった阿部家の裏には、

　　　　別の一族がみえてくる。

　　表は裏、裏は表である。**対である。**

　せめてここに、阿部長吉郎殿の文書に書かれていた名

前を書き出したい。

　まず阿部長吉郎の家来。
　家老　阿部勘解由
　加藤庄之助
　金沢才之丞
　小名浜陣屋代官　森孫三郎
　塙陣屋代官　多田統三郎
　柴橋陣屋代官　山田左金二
　川勝中務

　阿部美作守の家来。
　柴崎津右衛門

　松平大和守の家来。
　三上雄之進
　比留川彦九郎

　松平周防守の家来。
　小出織部
　小池幸三郎

　二本松藩主　丹波左京太夫
　留守居　小沢長右衛門
　丹羽寛蔵

和田右文

他に、

| 小栗上野介 | 小栗下総守 | 井上河内守 |
| 駒井甲斐守 | 板倉伊賀守 | |

松前志摩守	井上備後守	松井助左衛門
川副鉦五郎	土方兼三郎	間宮虎之助
田沼主計	小野友五郎	江川太郎左衛門
堀田相模守		

| 稲葉美濃守 | 増田作右衛門 | 田村主計 |
| 松田靭負 | 入生田悌之助 | |

| 松平丹波守 | 羽田十左衛門 | 松村忠四郎 |
| 稲垣兵庫 | 松田善右衛門 | |

織田市蔵	都築駿河守	溝口伊勢守
木村飛騨守	河津伊豆守	馬場俊蔵
松平肥後守	松平陸奥守	

| 三浦備後守 | 石津民衛 | 高村覚左衛門 |
| 浅野美作守 | 仁賀保孫九郎 | |

| 松本寿太夫 | 山田虎次郎 | 星野録三郎 |

徳永主税　　　　久松鉱三郎

大久保帯刀　　　松平藤十郎　　　義理志摩守
松浦越中守　　　岡部日向守　　　井上備中守
稲生七郎右衛門

大島雲四郎　　　堀田摂津守　　　永井伊賀守
松平肥後守　　　有馬内膳

奥津能登守　　　菅沼新三郎　　　柴山小兵衛
木村飛騨守　　　遠山左京

西尾隠岐守　　　文昭院　　　　　松平大和守朝雅

書き洩れた人もいるかもしれない。あしからず！
妄想はますます迷走してしまうのである。

　阿部長吉郎殿が川越に移ったその年、年号が「安政」
へと変わった。
　そして安政の大地震が起きた。
　江戸の大地震で、「阿部播磨守の屋敷の**塀が崩れた**」
と書き記されていたが、一体誰が住んでいたのだろう
か？
　一体、この不思議な阿部家は何者ぞ！

あぁ、こんな言葉がちらついてくる。

裏を見せ　表をみせて　散る紅葉

4　阿部一族とは何者ぞ
大 彦 命の流れをくむ一族

　歴史の陰にいるこの阿部家は一体、どのような一族なんだろうか？

　白川へ来る前は、どこにいたのだろうか？

　その阿部長吉郎の父、阿部豊後守がいた所は、

　　　　　「武州の国」の「忍」だった。

　今の埼玉県 行 田市である。

　「忍」と書いて「おし」と読む。

　彼らは、1639年より白川に移る1823年までの長きにわたり、その領地を治めていた。

　　　　阿部が忍にいた期間は「184年間」。

　何度も言うが、今はまだ明治になってから、たかだか

　　　　　「150年間」でしかない。

　184年の忍の始まりの人は、

47

阿部忠秋。

　この人の親は阿部忠吉といって、**阿部正勝**の次男。

　その兄、長男は誰かと言われれば、阿部正次。大阪城代だった人である。

　大阪城は令和の時代になっても、昔のまま大阪に今も建っている。

　そしてこの阿部正勝とは、徳川家康が今川家に人質にされていた時に、家康と共に、一緒に人質生活を送っていた、家康より1つ年上の人である。

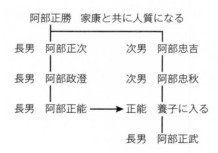

　正勝の子、兄（長男）阿部正次は本家の人。
　弟（次男）阿部忠吉は分家の人。

　しかし、忠吉の子である白川城の忠秋には子供がいなかったので、本家より正能を養子にして繋がるわけで、白川の阿部家も、本家の人で繋いできたということである。

　そういう始まりであったという事柄からなのか、幕末の白川阿部家には、いろいろと飛騨守やら播磨守やら能登守等、大所帯になっていたのではないだろうか？

　この阿部正勝、家康と共に江戸に出てきたのであるが、この時、江戸の範囲を決めたのは家康ではなくて阿部正勝なのである。

　それなのに家康から貰った阿部家の領地は、なんと5000石。
　家康と共に江戸へ出てきたのに、幡が谷に5000石とは？　これいかに？
　どうしてこうも阿部家は浮かばれないのか？
　家康殿、あんまりでござりますぞ。
　あなた様はケチなのか？

　共に人質となり、生きながらえてきたというのに、あんまりと言えばあんまりでござる。
　某、何故気にかかるのかは解らないのだが……。

神に支配されているのだろうか？　このボンクラ脳。
　　家康の言葉と言われている次の言葉も、非常に某、気
にかかるのだ。

　　　　人の一生は重荷を負うて遠き道を行くがごとし。
　　　　　　　　　　急ぐべからず。

　　　　　　　　不自由を常と思えば不足なし。

　　　　心に望みおこらば困窮したる時を思い出すべし。

　　　　堪忍は無事長久の基、いかりは敵と思え。

　　　　　　勝つ事ばかり知りて、負くる事知らざれば
　　　　　　　　　　害その身にいたる。

　　　　　　　おのれを責めて人を責むるな。

　　　　　　及ばざるは過ぎたるよりまされり。

「心に望みおこらば困窮したる時を思い出せ」

　　こんなことを言われた家康様があんなに太られてい

て、その身をご自分で賄うことができたのでござりま
しょうか？

　武士の体形からは程遠いと思ってしまうではござりま
せぬか。

　それでも良しといたしましょうか。
　何故なら徳川幕府は実際、

265年間も続いたというのですから。

　穏やかであったということなんでしょう。

　さて、この白川の阿部家。
　阿部豊後守の始まりは誰かというと阿部正勝だった
が、この人は別名を**「善右衛門」**とも名乗っていた。

　正勝を追っていくと、愛知県の小針城から碧海郡宗定
城へ移り住んだという阿部家があった。

　その阿部家、「福山」と「佐貫」と「白川」へと分かれ
ていったとあるが、この愛知県の阿部家、松江善右衛門
広蔭と同じ、

浄 土真宗であった。

浄土真宗とは戒名に「釋」という字が刻まれているのだ。

墓石に刻まれている家紋の下には、次のように彫られている。

昔の漢字をまた今の漢字に置き換えてみると次のようになる。

武州川越藩士　松江善右衛門廣蔭之墓

信城院釋變光居士霊位
大松院釋淨誉居士霊位
春光院釋尼妙信大姉位
積徳釋善教居士霊位
真学善童子位

變　→　変
淨　→　浄
廣　→　広
蔭　→　陰
釋　→　**釈**

ところが歴史に記されている福山の阿部家の戒名は「浄土真宗」ではないのだが。

はてさて如何致したものか？
歴史を書き間違えたか？
はたまた、正しく書いて別者だったのか？

長吉郎殿の文書のように……。

全く別人に候なのか？

偽りの文字とは難易度が高すぎて理解不能だが、1本の道を追えば非常にわかりやすい。

阿部家を追うと、潔さが光っている。

佐貫へ養子に入った阿部正興は、その佐貫の若殿が成人したと同時にもともとの佐貫の殿へ城主の座を返し、正興は本草学者として生きた。

また、宮本武蔵がまだ二刀流になる前に、槍で戦った阿部が、なかなか決着がつかないので、槍は刀よりも長くて有利なはずであるから、

「これはもう、某の負けでござる」

というようなことで決着させたらしい。

千葉の佐貫の藩主も座を明け渡した潔さがある。

この阿部家、「御家騒動」等とはもっぱら無縁である。

また、1696年に「竹島」のことで領地争いが起きた時、やはりこの阿部家の人間で、老中の正武が、

小さな島をめぐり、争うことよりも、

今生きている者のできることは、

和することである。

そして共に生きることである。

仲良くせよ。

そう言われた。

今、それから300年も経ったけれど、こんなに年月を
かけてきても、

　　　「俺の物は俺の物、お前の物も俺の物」

どこまで欲張りなんだろうか。

この国では江戸時代まで、全ての領地は公儀<ruby>公儀<rt>こうぎ</rt></ruby>のもので
あった。
　阿部家も幕末時には10万石になってはいるけれど、
阿部家の領地といえども、それは、ただ公儀から預かっ
ていただけの話である。

　けれども、ここは「俺の土地だ」と言い張ったのも明
治からである。勿論相続税なるものができ上がったのも

明治からであろう。

　そして昭和の戦争で東京は更地（さらち）になり、その持ち主た
ちさえも逝ってしまった後の土地は、一体誰が家を建て
て住みついたのか？

　おいっ！　そこの地主殿。
　ここのその土地、地球でござるぞ。

　地球を俺の物にしても良いものか？
　この不届き者めが！

　なんと人とは醜いのだろう。
　こんな言葉が気になってくる。

「あぁ　まつしまや　まつしまや」

竹島は、その昔「松島」と呼ばれていたらしい。

人々は便利さと引き換えに、

愚かさとずるさを

もらってしまったのだろうか。

阿部家が白川へ移ったこの1823年から、戊辰戦争が起きる明治の1868年までの45年間に、いくつ元号が変わってきたかと。

　今、人々は気にもかけることもなく暮らしているが、その45年間は、文政・天保・弘化・嘉永・安政・万延・文久・元治・慶応・明治と、10も元号が変わっているのである。

　そして今、明治からの150年で変わったのは、「大正」「昭和」「平成」、そして変わったばかりの「令和」である。

　何とも、あの45年間は殺伐としている。
　権力争いがあったということなのだろう。
　なんとも不様である。

　過去に生きていた人々は醜すぎる。
　そんなに権力が欲しかったのだろうか？

　阿部がいては上手くいかないから、あの阿部を殺してしまえ！　等と、もしも阿部が命を狙われていたとするならば、表舞台には出ず、陰にいるようにするであろう。
　と思ったら、

幕末の志士たちは変名を使っていた。

阿部邦之助　→　　阿部潜

阿部十郎　　→　　高野十郎

近藤勇　　　→　　大久保大和

坂本龍馬　　→　　**才谷梅太郎**

そこで見つけた川越藩士、阿部朔次郎。
阿部親昵、1836年（天保7年）生まれ。
1901年（明治34年）没。

この人もこれっきりの人である。
善右衛門殿と同じ頃の人である。

誰かが「**道しるべにせよ**」と言っているように思える。

阿部が忍から白川へ移ったのは1823年。
本家の阿部正精が表舞台から消えたのも1823年。

浜田の周防守が棚倉へ左遷されてきたのは1836年。
本家の伊勢守と言われている阿部正弘が、兄より家督を相続したのも1836年。

松江かもしれない阿部長吉郎が川越へ入った1855年、
表舞台から消えて行った阿部**伊勢守**正弘、これも1855

年である。

そして1857年に伊勢守は亡くなった。

いにしえの　蒙古のときと　阿部こべで
波風たてぬ　伊勢の神風

いにしえの蒙古の時とは、阿部家がそこにいた「蒙古襲来」の時である。

某（それがし）が追っている阿部家は「豊後守」である。

そしてこの時代、黒船が来た頃の「阿部家」は「伊勢守」を名乗っている。

江戸の人々は「**何か**」を知っていた！

江戸の人々は、今の人々よりも「**何か**」を知っていた。

明治は、その何を教えたくなかったのだ？

明治は、何を隠したかったのか？

それはこの国の「大君（おおきみ）」や「君（きみ）」がいたことと関係があるのか？

「何か」とは、「神」なのか！

ここは神の国なのか？

5　5人の阿部長吉郎
以呂波は闇の中

　この川越の阿部長吉郎を追っていたら、「蝦夷の通訳」
と出てきた。

　そして**阿部家文書**なるものを見つけた。

　1790年から1870年までの資料があり、これに関わっ
ていたのは、

　　　　　阿部正精、正弘親子とあった。

　阿部一族が書いたと言われているたくさんの本の中か
ら気になった著者と本がある。

　それは、

　　　　阿部淡斎が編纂した『**瓜生島**』。

　これは、日本版アトランティスの話。
「沈んでしまったムー大陸」の話である。
　幕末にこの本を書き残した淡斎は**阿部正令**である。
　この阿部正令とは、
　忍藩の忠秋の後を継いだ、本家の人間、阿部家の一族

である。

　佐貫の阿部正興が生きた道「本草学」。

　これと重なってくるのは阿部将翁、別名阿部友之進が書いた『採薬使記』。

　この将翁は「友之進」の他に「阿部喜任」とも「阿部櫟斎」とも言われている。

　そして『英学捷径七つ以呂波』

という本も書いている。

　この彼も「本草学者」でもある。

　また、この人「磁石岩」を発見した人とも言われている。

　とても気にかかる。

　この気にかかることが、**何故、某自身が気になるのかが解らない。**

「これらを気にかけよ」と言われているような錯覚を覚える。

「本草学」と「磁石」と「七つ以呂波」

　そしてネットの中では、なんと、

福山藩の阿部正精は、別名「阿部長吉郎」。
白川藩の阿部正清は、別名「阿部長吉郎」。
棚倉藩の阿部正静は、別名「阿部長吉郎」。
阿部正外も、　　　　別名「阿部長吉郎」。
勿論川越にいたのは、　「阿部長吉郎」。
5人の者が、皆同じ名前である。

我々阿部家は一族であるぞ！

と言われているような気がする。

白川の阿部家は**豊後守**であった。
阿部正令も**豊後守**である。
その息子、正武も**豊後守**であり、
長吉郎の父上も**豊後守**である。

この豊後守の阿部一族、この人を追ってきたら五石の「五」に行き、その先に見えてきたのは二人扶持の「二」であった。

その「二（ふたつ）」とは、福山藩が「ふたつ」あったのだ。

ひとつは、松前志摩守の東北の「福山藩」。
そしてもうひとつは、関西方面にある浄土真宗ではな

い阿部正精の本家といわれる「福山藩」である。

　すると、「さぬき」も「佐貫藩と讃岐藩」とふたつ
あった。

　そして白川にはふたつはないけれど、阿部長吉郎の父
上がいた棚倉、棚倉には幕末に、

「細谷からすと十六(じゅうろく)ささげ無けりゃ官軍高枕(かんぐんたかまくら)」

と唄われていた。この「十六ささげ」とは東北地方に
は無い豆であり、栽培されているのは関西の**福山地方**で
あるということらしい。

　見えない何かが繋がってくる。

「細谷からす」が気には係るが捨て置いて。
　ここに「十六ささげ」の**棚倉藩士**の名前を書き留めた
い。

　阿部内膳
　有田大助
　大輪準之助
　北部史
　志村四郎

川上直記

梅原彌五郎

須子國太郎

宮崎伊助

鶴見瀧藏

宮田熊太郎

湯川賢次郎

岡部鏡藏

村杜勘藏

野村絢

山岡金次郎

そなたは何を感じておられるか？

　あぁ、また、「裏を見せ　表を見せて　散る紅葉」が
ちらつく。

こんな時には、振り出しへ戻らねばなるまい。
川越に帰った松江善右衛門広蔭は、

「戦わなかった」。

阿部一族と親類筋にあたる久世も安藤も、
　　　　　　　　　　　　　　く　ぜ　　あんどう

「戦っている振りをせよ」
　　　　　　　　ふ

と命令を出していた。

　棚倉藩の阿部内膳と十六ささげにしてみれば、官軍なんざぁ戦い合うことができないほどに弱かった。
　それなのに「振り」をせねばならないとは？
　彼らは、誰の目をくらまそうと思ったのか？
　戦わないことの逆は、

　　　　「戦いたい人々」がいた。

戦いたかった人々は、そして、

　　　　「権力を握っていた」。

　幕末は　戦い勝つ人　そして負ける人
　　　　　　　　その戦いの陰に　戦わない人

　　　　　　「2つ」
　　　　「歴史の中に残っている
　　　　　表に出ている確かな答」

　　　　「歴史の陰になっている
　　　　　もう1つの見えない答」

真実は闇にある。

　今から、たった150年前に、「戦うな」と言われても戦わずにはいられなかった、戊辰戦争で西と戦った会津の武士たち。
「何か」重大な物事があったのだろうか？

　会津の教えの中に、

「ならぬことは　ならぬものです」

という教えがあるらしい。
　会津は命を賭しても守らなければならないものがあった。

　それは一体、なに？
　男は勿論、女も、うら若き少年兵も戦い、**飯盛山**で自刃までしてしまった**「白虎隊」**。
「二本松の少年兵」も戦った相手、それは

「官軍」。

　今を作り出した明治である。
　この国の西の人々である。

　この国のために戦って死んで逝った武士の心はどこに
あるのだろうか？

　強い心で今を生きる人々に送った熱き心。
　しかし、命を懸けて後世の人々に言い残して逝った言
葉を、今の我々には理解することができないのだ。
　命を懸けて死んで逝った武士たちの心情を理解できな
い脳ではあるが、

せめて幕末の彼らの気持ちに寄り添って、

心で読んでいただきたい。

幕末の志士たちの心を感じてほしい。

6 武士が残した大和魂
これが幕末の志士の魂

【君】の字が出てくる歌と句であるが、何故にこれほど
までに多いのか？

【君】とは、
「皇」「天皇」のことである。この国は神の国でありそ
の神の意志を継ぐ「皇」がいたのではなかったか？

君が代はいはほとともに動かねば
　　くだけてかへれ沖つ白浪

君が代をおもふこころの一筋に
　　我が身ありとも思はざりけり

神のます高天の原にいさ行て
　　常磐堅磐に君を守らん

君がためつもる思ひも天つ日に
　　とけてうれしきけさの淡雪

君がためひそみ行く身の旅心
　ぬるるもうれし春の淡雪

君がこの今日の出でまし待得てぞ
　萩の錦もはえまさりける

東路の野辺の若草踏分けて
　雲井につげむ君の言の葉

かねてよりおもひそめてし真心を
　けふ大君につげてうれしき

大君の國やすかれといのる身は
　はかなくつもるこしのしら雪

大君の大みこころを安めんと
　数ならぬ身を忘れてそ思ふ

國の為めあはれ木の葉の軽き身を
　君に捧けてゆく旅路かな

白露の霜とかはれる今ははや
　君が衣手薄くなるらん

事しあらは火にも水にも入はやと
思ひ定めし身は君の為

君<ruby>きみ</ruby>か為思ふ心をます鏡
何か曇らむ後<ruby>のち</ruby>の世まてに

君かため國のためにと盡<ruby>つく</ruby>し来し
身のいかなれは仇<ruby>あだ</ruby>となりけむ

君のため盡<ruby>つく</ruby>せる臣<ruby>おみ</ruby>の眞心<ruby>まごころ</ruby>を
こは誰人のへたてなるらん

淡雪<ruby>あわゆき</ruby>と共に消<ruby>きえゆ</ruby>行く老<ruby>おい</ruby>の身に
君が八千代<ruby>やちよ</ruby>を祈らるるかな

大丈夫<ruby>ますらお</ruby>の伴うちつれて君か為
はかなく越ゆる死出の山路<ruby>やまみち</ruby>

我仰<ruby>われあお</ruby>く君が御影<ruby>みかげ</ruby>のうつつには
あはれ見ぬ夜の夢となりにき

君<ruby>きみ</ruby>かため死ぬる吾<ruby>われ</ruby>こそ嬉しけれ
名も立花<ruby>たちばな</ruby>の世に薫<ruby>かお</ruby>らまし

玉の緒はたゆともいかて忘るへき
　　代々に餘_{あま}れる君か恵_{めぐみ}を

今はとて死出の山路を急く身に
　　思_{おもい}おかるる君か御代_{みよ}哉_{かな}

　君か為誓_{ちか}ひし人に先立_{さきだち}て
　　迷ふ旅路に今やいてまし

　君かため盡_{つく}す心のます鏡_{かがみ}
　　くもらぬ御代の光りとやせむ

草の葉にをく露よりも脆_{もろ}き身の
　　君が千歳_{ちとせ}を祝ふはかなさ

世の様_{さま}をみをやの君に申さんと
　　今日急_{いそ}かるる死出_{しで}の山路

国のため世のため何か惜_{おし}からむ
　　君にささぐるやまと心は

ことかたの黄泉_{よみ}ひら阪_{さか}こゆるとも
　　なほ君が代をまもらしものを

君がため思ひをのこす武夫の
なき人数に入るぞうれしき

君がため身を尽くしつつ益荒雄の
名をあげとほす時をこそ待て

君がため捨る命は惜からで
只思はるる国の行すゑ

君がため身まかりぬると世の人に
語りつけてよ峯の松風

君がため尽くせしことも水上の
泡と消えゆく淡路島人

君がため思ひをはりし梓弓
ひきてゆるまじやまとだましい

君が為め尽くす心は武蔵野の
野辺の草葉の露と散るとも

まかる身は君の代思ふ眞心の
深からざりししるしなりけり

今はただ何を惜しまん國のため
君のめぐみを身のあだにして

大君に仕へぞまつるその日より
わが身ありとは思はざりけり

露の身を君に捧ぐる眞心は
後にぞ人の思い知るらむ

賜はりし君があやぎぬ匂はして
都の花とちるよしもがな

君がため都の空を討ちいでて
阿蘇山麓に身は梅雨となる

玉の緒のたとえ絶えなば絶ゆるとも
身は大君の勅をささげん

君がためつくせやつくせおのがこの
命一つをなきものにして

君がため千々の思ひにくらふれは
ものの數にもあらぬ此身そ

文見てもよまれぬ文字ハおほけれど
なほなつかしき君の面影

今更に何をか言ん代々を経し
君の恩にむくふなれば

君がため刃にそむる眞心の
いとどうれしき心地こそすれ

はや咲は早手折らるるむめの花
清き心を君にしらせて

君がためよのため思ひ歎くには
悲しといふも悲しかりけり

惜しまじな君と民とのためならば
身は武蔵野の露と消ゆとも

ますらおの涙を袖にしぼりつつ
迷う心はただ君がため

君が為身の為思ひ頼みしも
甲斐なくなりしことそ悲しき

君がためまことの道や尽くさなん
　ありて甲斐<ruby>甲斐<rt>かい</rt></ruby>なき我が身ながらも

さく梅は風にはかなくちるとても
　にほひは君が袖にうつして

大君の御目<ruby>御目<rt>みめ</rt></ruby>にふれて我ながら
　我身<ruby>我身<rt>わがみ</rt></ruby>とくおもほゆるかな

咲く梅の花は儚<ruby>儚<rt>はかな</rt></ruby>く散るとても
　馨<ruby>馨<rt>かおり</rt></ruby>は君が袖にうつらん

雨風に散るともよしや桜花
　君が為には何かいとはん

君が為尽くす心は水の泡
　消えにし後は澄み渡る空

君のため八重の汐路<ruby>汐路<rt>しおじ</rt></ruby>を登り来て
　今日九重<ruby>九重<rt>ここのえ</rt></ruby>の土になるとは

大君の國<ruby>國<rt>くに</rt></ruby>やすかれといのる身は
　はかなくつもるこしのしら雪

玉の緒のたゆともよしや君々の
かげの守りとならんと思へば

君がため思へは斯くも鳴海潟
時雨にしほる袖の露けき

関の戸は雲や閉ざさん五月雨の
今朝吹く風を君は何処へ

忠やかにつとめましつる年月の
いさをあらはる君のたまもの

君がため死なむとおもひ定めては
ひとやの中はものの数かは

空蝉の唐織衣なにかせん
錦も綾も君ありてこそ

君のため死ぬる骸に草むさば
赤き心の花や咲くらん

大君の身をけがさじと賤が身を
なき人数に入れてこそおれ

只まさに一死をもって君恩に報いん
　あら人神<ruby>人神<rt>ひとがみ</rt></ruby>となりて護<ruby>護<rt>まま</rt></ruby>らむ

【皇<ruby>皇<rt>すめらぎ</rt></ruby>】の字が出てくる歌

皇<ruby>皇<rt>すめらぎ</rt></ruby>のうきをとむらふかひもなく
　また来る春をいかに過ぐらむ

すめらぎの道しるき世を願ふかな
　我が身は苔<ruby>苔<rt>こけ</rt></ruby>の下に朽<ruby>朽<rt>く</rt></ruby>つとも

すめらぎの護<ruby>護<rt>まも</rt></ruby>りともなれ黒髪の
　乱れたる世に死ぬる身なれば

皇<ruby>皇<rt>すめらぎ</rt></ruby>國の御為めと思へはちたたぬ
　勲<ruby>勲<rt>いさお</rt></ruby>は問はん日本魂<ruby>日本魂<rt>やまと</rt></ruby>

皇国草莽之臣南八郎正義為皇国今日討死

【国】の字が出てくる歌

國の為め思ひ舍にし今日の身を
我たらちねは知らすやあるらん

世にもありて数ならぬ身も国のため
つくすこころは人に変わらじ

見よや人見よや心の花の露に
かかる涙も皆國のため

国を想ひ世を歎きての真心は
天にも地にもあに恥ぢめやは

国を思ひ家をも捨ててもののふの
名を惜しむ故身をば惜しまず

うつ人もうたるる人も心せよ
おなじ御國のみたまなりせば

岩金もくだけざらめや武士の
国のためにと思ひ切る太刀

議論より実を行へなまけ武士
国の大事をよそにみる馬鹿

ぬれ衣のかかるうき身は数ならで
唯思わるる国の行く末

よしやよし世を去るとても我が心
御國のためになほ尽さばや

国の矯めすてる命のかひあらば
身はよこしまの罪に朽つとも

くろがねもとほらざらめやますらをが
国のためとて思ひ切る太刀

鳴虫も国を憂ふる声すなり
都にちかき嵯峨の山里

【桜】の字が出てくる歌

四方八方に薫りや充たん下野の
太平山の山櫻かな

みちのくの木の間がくれの山櫻
　　ちりてぞ人や夫と知るらん

咲初めて風に散りなん桜花
　　散ての後に知る人は知れ

勇ましく散へかりけり世の人に
　　惜まれてこそ櫻なりけり

吹かはる風の心の烈しさを
　　人に知らせて散る櫻かな

便りなき身のうき舟に山櫻
　　ちりくる花の心ゆかしも

異國にたくひもあらぬ櫻こそ
　　我日の本の匂ひなりけれ

春はなほ我にてしらぬ山ざくら
　　こころのどけき人はあらじな

出でていなば誰かは告げむ我がやどの
　　にほふさくらの朝の景色を

いたづらに散る櫻とや言ひなまし
　　花の心を人は知らずて

さきがけて散るや吉野の山櫻
　　よしや憂き名を世にたつるとも

桜田の花と屍は散らすとも
　　なにたゆむべき大和　魂

遅れなば梅も桜に劣るらん
　　先きがけてこそ色も香もあれ

春雨はいたくな降りそあしひきの
　　山桜花散らなく惜しも

散る時は散るも芳野の山桜
　　花にたぐへし武士の身は

さくら花たとひちるともますらをの
　　袖ににほいをとどめざらめや

雲はらひ大内山の桜木に
　　花咲かすべき時はこの時

神垣のみかきの梅は散りぬとも
桜かざしてわれ出でたたむ

【あか】の字が出てくる歌

赤き我が心はたれも白露の
消にし後ぞ人や知るらん

秋の野の花に結へ露の身の
赤き心を世にや留めん

何事もいはての森の下紅葉
赤き心は人やしるらん

生き帰り死にかはりて国思う
あかき心の色はかわらじ

いましめの縄は血しおに染まるとも
あかき心はなどかわるべき

【月】の字が出てくる歌

月かげやとく仰がまくおもほえば
　なほ立ちかすむ夜半のうき雲

ともすれば月の影のみ恋しくて
　心は雲になりませりけり

吹く風にこのむら雲を掃はせて
　くもりなきよの月をながめむ

ながらへてかわらぬ月を見るよりも
　死して払はん世々の浮雲

けふまた知られぬ露の命もて
　千年を照らす月を見るかな

　雲霧を払へる空にすむ月を
よみぢに早く見まほしきかな

はしたかの猛きこころも籠なれて
　あわれかなしくおくる月日の

曇りなき月をみるにもおもふかな
明日はかばねの上に照るやと

鉢とりて夕越えくれば秋山の
もみぢの間より月ぞきらめく

川上の清めるをうけてゆく水の
月に汚れる名をば流さじ

賤が身を時雨とともにふりすてて
高天が原の月ぞさやけき

ほととぎす血に泣く声は有明の
月よりほかに知る人ぞなき

今さらにあふよしをなみ逢坂の
山の端月の影ぞさむしも

なみあらき外の浜辺はしほかれて
秋さへかすむ月をみるかな

罪なくて見ばやと人のねがふらん
ひとやの中の月を知らず

わけのぼる麓の道は多けれど
　　同じ高根の月をこそ見れ

鉾とりて月見るごとにおもふ哉
　　あすはかばねの上に照かと

【武士】の字が出てくる歌、句

ともかくも死におくれぬぞ武士の
　　誠を立る道にはありける

梓　弓引てかへさぬ武士の
　　正しき道に入るぞうれしき

たれも皆かくなり果つるものと知れ
　　名をこそ惜しめ武夫の道

武夫のそのたましひやたまち這ふ
　　神となりても国守るらむ

雲を踏み巖さぐくむ武夫の
　　鎧の袖に紅葉かつ散る

八十里こし抜け武士（ぶし）の越す峠

【魂】の字が出てくる歌

身をば粉（こ）になすとももいかでくづすべき
かねてかためし**大和魂**

なき人の魂（たま）のゆくへをつけかほに
をちかへりても啼（な）くほととぎす

いかなれば思はぬ風にたはむらん
世にもかかれる人の魂（たま）の緒（お）

あだし野の露と消えゆくますらをの
都にのこす**大和魂**

身ハたとひ武蔵（むさし）の野辺（のべ）に朽（く）ちぬとも
留（とどめ）置（おか）まし**大和魂**

おほ山の峰の岩根に埋（うず）めけり
我歳月（われとしつき）の**大和魂**

露の身とおもへば軽き花のゆき
ちるべきときはやまとだましひ

武士のみちこそ多き世の中に
たゝ一すちのやまと魂

たとひ身は蝦夷の島根に朽ちるとも
魂は東の君やまもらん

【露】の字が出てくる歌

しひて吹く嵐のかぜのはげしさに
何たまるべき草の上の露

ふりすてて出でにしあとの撫子は
いかなる色に露やおくらむ

守る人のあるかなきかも白露の
おきわすれにし撫子の花

数ならぬ名をあくまでと思ふ身の
はかなく消る野路の朝露
_{きゆ}_{のじ}_{あさつゆ}

かぐはしき名のみ残らばちる花の
露ときゆとも嬉しからまし

露の身を君に捧ぐる真心は
つゆ後にぞ人の思い知るらむ

露の身も草の獄に起臥の見む
_{ひとや}_{きが}
ことかたき世となりにけりかも

人とはばつげよ日かげの草葉にも
露のめぐみはある世なりきと

世の中に思ふことなし夕立の
_{ゆうだち}
光輝く露と消えん

露けくも秋の夜すがらあかす哉
_よ_{なり}
そでのうらかをおもひやりつつ

【雪】の字が出てくる歌

かたしきて寝ぬる鎧の袖の上に
おもひぞつもる越のしら雪

雨あられ矢玉のなかはいとはねど
進みかねたる駒が嶺の雪

降ると見ば積らぬ先に払へし
風吹く松に雪折もなし

ほまれある越路の雪と消ゆる身を
ながらえてこそ恥しきかな

【民】の字が出てくる歌

覆ふべき袖なほ狭しいかにせむ
ゆく道繁き民の草葉に

よそに見て有るべきものか道の辺に
出立つ民の慕ふまことを

89

此ほどの旅のつかれもわすれけり
民すくはんとおもふばかりに

【まつ】の字が出てくる歌

はかなくも風の前なる燈火の
消るのみ待つ我身かな

呼びだしの声まつ外に今の世に
待つべき事のなかりけるかな

川上のすめるを受けて行く水の
末に濁れる名をば流さじ

思ひたつ事はならねどますらをの
心正しき末の道かな

武田家が梅の匂いにだまされて
松の下にて散るぞかなしき

【梅】の字が出てくる歌、句

梅ばちの花のにほひにおかされて
わが身のはてを知らぬつたなさ

年を経て替わらぬ梅の花の香を
手向くるさへも心愧し

梅の花壱輪咲ても梅は梅

【海に関する字】が出てくる歌

わたつ海の底にはふちも瀬もなくて
水のみなかみ常にたえせず

あはれ世にことあら磯の浪立たば
水つくかばね我が願ふこと

ゑぞのうみの深き心を人しらで
たゞしら浪の名をばえむらむ

さながらにそみし我が身はわかるとも
硯の海の深き心ぞ

【その他】

うつし世にたてしいさをは山陰の
苔の下にはうもらさりけり

吉野山風に乱るるもみじばは
我が打つ太刀の血けむりと見よ

尽してもまた尽しても尽しても
尽し甲斐なきしづがま心

しひて吹くあらしの風にあふ花は
いさぎよくちれいさぎよくちる

今ははや言の葉草もよの霜と
消えゆく身とぞなりにけるかな

さみだれのかぎり有りとはしりながら
照る日をいのる心せはしき

鳥が鳴く東健夫の真心は

鹿島の里のあなたとぞ知れ

うれしさやこころしづかに隅田川

　渡るも今をかぎりと思へば

　思ひきや野田の案山子の梓弓

引きもはなたで朽ち果つるとは

ふたたひと返らぬ歳をはかなくも

　今は惜まぬ身となりにけり

百　千度生き返りつつ恨みんと

　思ふ心の絶えにけるかな

　手筒山みね吹きおろす春風に

ますらたけをが髪さかだちぬ

　頼みもし恨もしつる宵の間の

うつつは今朝の夢にてありぬる

九重のみはしのちりをはらはむと

　心も身をもうちくだきたる

世のことは絶えてをぐらき山里に
心つくしの夜半のともし火

面白きこともなき世に面白く
住みなすものはこころなりけり

苦しさは絶る我が身の夕煙
空にたつ名はすてかてにする

今更になにあやしまん空蝉の
よきもあしきも名の変る世は

かねてよりたてし心のたゆむべき
たとへこの身は朽果てぬとも

愚かなる吾れをも友とめづ人は
わがとも友とめでよ人々

親思ふこころにまさる親ごころ
けふのおとづれ何ときくらん

別れともかねて思ひし心にも
驚かれぬるけふのおとつれ

結べども又結べども黒髪の
乱れそめにし世をいかにせん

なよ竹の風にまかする身ながらも
たわまぬ節はありとこそ聞け

うき雲を払ひかねたる秋風の
今は我が身にしみぞ残れる

危きを見すてぬ道の今ここに
ありてふみゆく身こそやすけれ

世を思ひ身げ思ひても誓ひてし
人のうせぬることぞ悲しき

古郷の花を見捨てて迷う身は
都の春を思ふばかりに

花とちり雪と消えにしあととへば
はやみかへりの春たちにけり

かれ残るすすきに風の音たてて
一むら過ぐる小夜時雨かな

めぐりあひて姿は見えねど声添へて
こはまたいかにかかる涙ぞ

咲くもまたしぼむる時か秋の花

真は誠に偽に似　偽は即ち真に似たり

動かねば闇にへだつや花と水

咲かけしたけき心の花ふさは
ちりてそいとと香に匂ひける

世の中をよそに見つつもうもれ木の
埋もれてはおらむ心なき身は

心なき野辺の花さへあはれなり
今年限りの春と思へば

うれしくも薬の水にけふまでの
胸のあくたをあらひこそすれ

今は世によしをあしとも知らねども
後の人こそ知るべきものを

龍田川竿で渡れば紅葉が散るし
　　渡らにゃ聞えぬ鹿の声

雨の日はいとどこひしく思ひけり
　　我がよき友はいづこなるらめ

語らんと思う間もなく覚めにけり
　　あはれはかなの夢の行方や

御代の為抜け出し人のいもなれば
　　身を捨ててこそ名をばとどめん

いづかたも吹かば吹かせよこの風よ
　　高天原はまさに吹くまじ

　　ゆく先は冥土の鬼と一と勝負

打つもはた打たれるもはた哀れなり
　　同じ日本の乱れと思へば

武蔵野のあなたこなたに道はあれど
　　わがゆく道はもののふの道

和の国は、消えた。

大和魂と共に

跡形（あとかた）も無く消えてしまった。

大和の国の人々よ、泣くな！

「やっと我が心、見つけてくださったか。
安堵（あんど）いたしたぞ！」

そう、幕末の志士（しし）たちに言われたような気がした。

7　おぞましい明治
ならぬことはならぬもの

**明治は、なんとおぞましい国を
創ってしまったのだ。**

明治よ！
この国の大和魂を根絶やしにしたかったのか？
明治よ！
この国のサムライの存在を消して、「文明開化」と言いながら西の文化を取り入れて、

「大日本帝国」を生んだのか？

「大きいことが一番」 とでも思って、そんな名前をつけたのか？

サムライを消した彼らは、「天は我々に味方」した。
そう思いあがったか？

そして進み続けた

戦いの世界。

戊辰戦争		1868年
日清戦争	26年後	1894年
日露戦争	10年後	1904年
第1次世界大戦	10年後	1914年
第2次世界大戦	25年後	1939年

　なんと、約70年間も世界に戦いを挑んでいったのだ。

　「70年間」と言えば、「おぎゃあ～と生まれて年寄りに
なるまで」、ほぼ人の一生である。
　何とも長きにわたり、戦っていたのだろうか？

　そして戦い好きの彼らは、この国が負けるまで戦い、
神風を起こせと言って、特攻隊まで作ってしまった。

　　　　　　往生際が悪く、潔さなど微塵もなく、

　　　　戦いに負けて、そして、のたまったのだ。

　　　　「この国に、神はおりませんでした」

　何ともおぞましい話である。

　そなたは今でも、

「神なぞはおらん！　何を寝ぼけたことを 言っているか！」

そう言って、某^{それがし}が感じている神など存在などするもんか！　と鼻で笑っておられるであろう。

それが、それこそが、

洗脳されているということである。

今まで長年生きてきて、某^{それがし}も「神がいる」などと信じたことはなかったが、ありえないこと、「大きなまさか！」に出くわせば、それはもう、神が仕組んだ「仕掛け」と思うしかあるまい。

今はもう、確かに

「神　は　い　る」

としか思えないのである。

そして、已むに已まれぬ戦いをしてしまった。

会津は、

「神のため」に、

「大君」を守るために、

「皇の国」「大和の国」のために、

戦い死んで逝ったと思われてならないのだ。

戦わない阿部家

と、

戦い合った「おなじ御國」

「うつ人もうたるる人も心せよ
おなじ御國のみたまなりせば」

「おなじ御國」とは、一体どういうことなのか?

戦った者同士の結果は「勝と負」の2種類。
そして戦わないのは阿部一族。

戦い負けてしまった会津に、誰が言ったか知らねども、

「徳川のにごりをそそぎて**会津川**
いさぎよき名ぞ世に流れける」

会津に「潔いぞ」と誉め言葉を投げかけている。

某、何の肩書もござりませぬが、この国の一国民として、某からも会津をほめてやりたい。

会津よ!　　大儀であった。

正しい道を貫いたのに、政府からは逆賊として虐げられて、今に至るのだろうと思うと悲しすぎる。

この世は悪人ばかりが得を得て、善人ばかりが泣きを見る。

　一体この捻じれた世の中、どうすれば正しい道を歩けるのか？

　苦しいことを背負いて登る上り坂。我が意に反したことのみ加速する下り坂。

「まさか！」の人生は苦しいのう。
　闇に追いやられていた阿部家。この阿部家、ネットの中では「大彦命」という人が先祖であると書かれていた。
　この「大彦命」を追って神話の世界へ行ってみた。

　悲しいことに、やはり幕末の阿部家のように、神話の世界もいじられていた。

　歴史はそれを「欠史八代」と書いていた。

　大彦命の父親は「八代　孝元天皇」。
　即位60歳、在位57年、享年116歳。
　長い寿命である。

けれども、この天皇は実在しなかったと歴史は教えている。

そう記録されているのだ。

ますます、神はいて、そして

ここは「神の国」なのだと確信する。

ならば教えられてきたことは、何かを隠すために、強く言ってきたはずである。

明治が言った、

「天は人の上に人を作らず
人の下に人を作らず」と言えり。

隠そうとすることは、その主張の裏にある。

物事は対^{つい}である。

光が在^あれば陰がある。

表が在って裏がある。

あえて、そう言わなければならなかったということ

は、まだサムライたちが存在していた時には、それぞれの身分がはっきりと分かれていた、ということであろう。

　申し訳ないが神は、

サムライを、

特別な人々として

位置付けしていた。

と思えてくるのだ。

　こんな言葉がよみがえる。

「駕籠に乗る人　乗せる人　そのまた草鞋を作る人」

「天は人の上に人を創り
人の下に人を創った」

　これは差別ではない。区別なのである。
　何でも差別、差別と騒ぐでない。
「差別」と「区別」を判断できない脳なのであろう。

愚か者は口を閉ざすべきである。

下手な考え休むに似たりである。

神は身分を分けて人を創っていたのだ。

今の世は、上が下になり下が上になっている、逆さの世の中なのである。

草鞋を作る人は草鞋を作る人と決められていたのだろう。

草鞋を作る人が駕籠に乗ってはいけないのではなかったか。

けれども、明治は「皆平等」と言って歴史をいじった。

草履取りが歴史に名を残してしまったのだ。

「草履取り」は「サムライ」とは言えないだろう。

家も無く橋の上で、ゴザにくるまって寝ていても、明治が創った**ゆがんだ世界は**、「頑張れば権力に擦りより、媚びを売って、手をスリスリすれば、天下さえも取ることができるのだぞ！」と

教え込んだのだ。

明治は、この国のサムライをつぶし、そしてその代わりに、

明治は一体何を守ってきたのか。

　どこに優先順位をもってきたのか？
　税を取られて苦しんでいるのは、力のない貧乏人の
某 だが、税を免除してきたのは何だったのか？

**　　　　西から渡って来た、仏の世界だ。**

　我々は神と仏を同等の位置にして、「あぁ、神様、仏
様、どうか助けてください」等と、困った時に祈ってし
まっている。

　けれども「神」と「仏」の位置は雲泥の差である。
「神と人」とは、同じには価しないのである。

　誰が最初に「神様、仏様、助けてください」などと言
い出したのか？

　考えなくとも自ずと答えは出てくるだろう。
　たいして力も無いのに自画自賛して、自分自身の評価
を高く表現したい人々がいるのである。

　恰好ばかりで実質が伴わない人々である。
　そんな彼らは、この神の国の民をほったらかしにして、

どの国に力を注いできたのか？

今、150年前よりは情報は見えやすくなってきている。

あの黒船が来た頃の情報の広がり方とは雲泥の差である。

今こそ、嘘と真実が見えてこなければならないだろう。

明治はこの国のサムライを消して、西の文化を取りいれて、煌びやかな恰好をして、そして社会は財閥を作り上げた。

会社を作り、この日本を世界に近づけよう！　とのたまっていた。

本来、この国は世界を引っ張って行く神の国であり、特別な国だったのだ……。

何を寝ぼけたことをしているのか。

サムライを消して新しく創った国の名前は

「**大日本帝国**」である。

「大」と付けたかった、その訳はなんだ？

他に「大」と付いているのは、あの大きな大きな「**大仏**」。

　そして大きな声は、唯々騒がしいだけである。

ここは神の国

サムライと共に

神の道の教えがあった。

　明治は、神の道と仏の道を一緒にしてしまったのだ。

神がこの世のすべてを創った。

　けれども、何もできない人間を優秀だなどと言って**同等にしてしまったから訳がわからない**のである。
「人はどんなに頑張っても神にはなれない」
　等と簡単なことさえも解らない脳みそなのだ。

「お天道様に顔向けできないような暮らしをしてはいけねぇよ」

　そう言われてきたのに、人は思いあがってしまったの

だ。

そして今、人は何が恥ずかしくない生き方なのかすらも解らなくなってしまっている。

これは「恥ずかしい」という気持ちを持ち合わせていないのだろう。
よって、そんな輩は「嘘も平気でつく」のである。

ここで思うのは、会津の人々の教えられてきたことである。

「ならぬことは、ならぬものである」

それは人の路に外れてはいかんということなのであろう。

人としての路、それは神の教えるところの道。
仏の道にあらずである。

会津は神と縁が深かったのだ。
神話の世界の阿部家。

あの大彦命の親子が出会った所。

そこが、今の会津だった。

「津」が「会う」ところで「相津」と、

そこに初めて、この日いずる国に

地名がつけられたのである。

　この阿部親子を追うと神話の世界の「天岩戸」の話に繋がってゆく。

　神の話を書きかえてまで、書きかえた人々は何をしたかったのだろうか？

　この神の国を乗っ盗りたかったのか？

　恐れを知らない人々は、先が見えない人々なのか？
　ものを見る目を必要としないなら、その目は要るまい。

　見えている目をあえて隠したのは「猿」。
「猿」の得意とするところは「真似」。
「猿」と呼ばれたのは「秀吉」。

そして「豊臣家」は断絶した。

秀吉の家紋は「桐」なのか？「ひょうたん」なのか？「ひょうたん」だとすれば、出てくるのは「駒《こま》」だが……。

駒とは「馬」のことだが。

人の路に外れた生き方をしたならば、「断ち切るぞ」と言われているのか？

「橋の上」で乞食同然のような者が、信長に取り立てられて「武士」になった。

その信長が好むのは「派手さ、はなやかさ」の安土桃山時代。

「派手《それがし》」は某の苦手な分野であるが、着るなら着やすい「野良着《のらぎ》」が良かろう。

「派手」を好むのは「目立ちたがり屋」である。

目立つ色を好む人々。

目立つ色、それは原色。

目立つ人、それは「着飾る」人。

煌びやかな世界が恰好いいと思っている人々。

愚かな人々が創りあげてきた、洗脳されてしまっているこの世界である。

8　2人の神　イザナミ　イザナギ
誘われた身義（右）

　太陽神であるアマテラスは、弟スサノオノミコトに腹を立て、天岩戸に閉じこもってしまった。

　この世は、太陽の光を持つアマテラスが消えたことで、闇の世になってしまった。

　岩戸に閉じこもってしまったアマテラスの興味を引くために、岩戸の前で八百万の神々が宴会を開き、

　きれいな男が化粧して、

　鏡を使って騙し打ちにして、

　力自慢の神がアマテラスを強引に引っ張って表に出したことで、天岩戸が開いた、とある。

　今はこんなに闇の世の中なのに、明るさを取り戻したとある。

　まごうことなく、それは錯覚であろう。

この神話は、何とも強引な話である。

まるでこの世がその神話の如く、開かれたこの世そのもののようである。

力任せの世の中である。
1000人を殺されたら、1500人を産んでみせよう。
とは、**数を追っての戦い**である。

この世の始まり、神話の世界の話が

「<ruby>騙<rt>だま</rt></ruby>しから始まっている」とは、

何とも情けない話である。
嘘から始まっているこの世なら、善人ばかりが泣きをみる。
悪い奴ばかりが喜んでいる嫌味な世の中である。

このアマテラスの親であるイザナミ、イザナギであるが、

この2人の話は、神話であると言うには、何とも情けない神話である。

妻イザナミが死んでしまったことで寂しくなった夫イ

ザナギが、妻イザナミに会いたくて、イザナミのいる
「黄泉の国」へと出向いて行った。

　やっとの思いでイザナミに会うことができたのだが、
死んでしまったイザナミの姿は醜くなっていた。

　イザナミは、夫に醜い姿を見られてしまったと言っ
て、夫を殺そうと追いかけたという。

　この話も、人でさえもこんなことにはなりませぬぞ。

そんなに外見が気になりますのかな？
　神に与えられたその姿で満足できぬのは、まごうこと
なく心貧しき人である。

　外見ばかりに意識がいってしまって外見を変えてしま
う人々は、因果応報となって、その身に害、及ぼすやも
しれない。

　イザナミは、こんな愚かな人々と同じではないか。

　旦那の目ばかりが気になっている愚かな神である。
　何とも「イザナミ　イザナギの神」は哀れでござる。

　書きかえられた神話の世界ではあるが、やはり、あま

りにも今の世と重なりあっているとは思えぬか?

　嘘をつき、騙して誘い、力任せで開けた岩戸。

　醜い姿を見られて狂った女。
　奇麗すぎる男が女に成り代わって唄や踊りを楽しむ、
誘^{いざな}って開けた岩戸。

　神がいるとは信じられていない今の世ではあるが、騙
しの神なら、こんな世でも仕方ないだろう。

　騙されてしまったアマテラス。
　そして人々は、神などはいないのだと思いこんでい
る、この世。

　イザナミ、イザナギが主であるというこの世。
　騙されて開けられた岩戸ででき上がってきた、
12000年のこの世。

**人より劣る神を崇^{あが}めよ!　と
書きかえた神話は、そう言われるのか?**

こんなことで神話が成立するならば、

書きかえた人々の心を覗いてみたくなる。

その腹の中を知りたいものだ。

真っ黒なのではないのか？

　寂しいことに、この神話は本当のことなのであろう。
　何故ならこの神を祀っているのが伊勢神宮らしいのだ。

　　　　あぁ〜、妄想でござる。妄想でござる。
　　　　　　　某の妄言でござる。

　あの幕末に大地震が起き、伝染病が流行り、人々が戦い合っている騒々しい時代であったにも拘らず、町の人々は、

何故「しゃもじ」を持って

「伊勢神宮」へ伊勢参りをしていたのか。

　何故、伊勢参りなのか？

「いせ」には何があるのだ？
「しゃもじ」とは飯をよそう時に使う道具で
ある。

　黒船が来た頃、サムライが消えかけた頃、
やはり江戸の人々は、今の人々よりも「神を知る」こと
の他に、

まだ何かを知っている。

　と、そう思えてくる。
　徳川家の葬式の時、町の人々は、「穢れた物を見ては
いけない」というかのように、窓を閉めて見ないように
していたと記録されていた。

この国は「神の国」「皇の国」。

気づかないことがたくさんありすぎる。

　今の人々は、どれほどに愚かなんだろうか？
　そんなことを考えていると、何故こんな小さな島国に
あんなに大きな墓を作ったんだろうかと疑問が湧いてく
る。

　徳川家の葬式の話の対にあるのが、阿部家の話である

が、欠史八代大彦命の子孫で大阪城代のまま亡くなった、正勝の長男正次は、その遺灰を淀川へ流した。

　白川の初代の殿様、正次の甥忠秋は若かりし頃、隅田川氾濫の折に渡った隅田川に遺灰を流した。

　江戸の範囲を決めた本家阿部正精は、品川の沖に遺灰を流した。

**　　大彦命の系統は、遺灰を全て、川へ流している。**

**　　そして遺灰は海へと続いた。**

　因みに品川の沖に遺灰を海へ流した阿部正精の、先祖の正勝が家康と共に江戸へ来た折、江戸の範囲を決めていたが、この正精も正勝と同じように、新たに江戸の範囲を決めている。

　　東…中川限り
　　西…神田上水限り
　　南…南品川町を含む目黒川辺り
　　北…荒川・石神井川下流限り

**　　人は時を超えて、同じことを繰り返している。**

**　　竹島問題もしかりである。**

人の命もそうであるのか？

人は死に変わり、生き返りてくるならば、

墓は要るまい。

この世の務めを果たした肉体は、灰にしてしまえば、この小さな島国でも充分だろう。

人は生きている時にこそ相手を思いやって生きればいいものを、何故死んだ時に仰々(ぎょうぎょう)しく式などあげるのだ。

バカバカしい話だ。

人は邪悪な石（意思）の角を、川の水に流されて削り取り、素直(すなお)（砂緒）となって、また海（産み）へと帰る。

この世が書きかえられた歴史なら、見えないものでも確かに神は「在(あ)る」と思えてくる。

さすれば今までの、

「めでたきこと」も「めでたくはなく」

であろう。

末広がりは本当にめでたきことなのか？
「一富士　二鷹　三なすび」は、
順番が狂っているのではないのか？

　　本当は「一鷹　二富士　三なすび」

なのではないのか？

　そして、唐突に野菜のナスが出てくるけれど、これは
一体どういうことなのか？

　解らないことはちょっと横へ置いといて……。
　2番手の富士が1番になってしまっているのだろう。

　鷹は阿部家の家紋である。
「松竹梅」の「松」。
「松」は松江の名前である。

鷹の下にいる方が座りが良いだろう「二四」よ。

やっぱり2番手が本来の富士の位置だったのではないのか？

「松」は「鷹」を「待つ」だったのか？

阿部豊後守は「文語の紙」と解釈せよ。

「黄泉の国」は「読みの国」

書き繰えば鐘が鳴るなり放流字

放たれてゆく文字

よみくだく　ぶんごのかみ

黄泉砕く　豊後守

読み砕く　文語の紙

9 天照大神に繋がる阿部家
阿部一族は大彦命の末裔

阿部家の流れは「大彦命」。
その大彦命の父上の名は「孝元天皇」。

別名「大倭根子日子国玖琉命」という名である。
長すぎである。

欠史八代、
実在していたのかどうかが解らない天皇と書かれていた。

これも阿部長吉郎が川越の藩主であると歴史に書き残されなかったように、この大彦命の父上の孝元天皇も、隠されているのだろうと思えてくる。

そして大彦命の父上の名前が「根子」なら、やはり忙しい時に借りたい手の「猫」を連想する。

そこで気になるのが、あの「日光東照宮」で眠っている「猫」である。
何故、眠っているのか？

「眠っている猫」というより
も、「眠らされてしまった猫」
と思えてくるのである。

　何故なら、猫は闇夜でも見える目を持っている。
　しかも、その能力は神がくれたものである。
　それなのに、あの猫は目を瞑ってしまっているのだ。

　瞑ってしまったのなら目は何の役にも立たないだろ
う。
　しかも、この世は闇の中にあるというのに。

　大彦命の父上「ねこ」と発する音から、同じ音の
「猫」と置き換えて、孝元天皇を眠らせてしまえ！　と
思って作ったのではないのか？
　歴史から隠してしまいたかった大彦命の父上、「ねこ」
が邪魔だったのだろうと思えてくるのである。

　そういえば、あの猿もそうだ。
「馬ごや」に小さくいる、あの猿たちもおかしいとは思
わないか？

「見ざる　言わざる　聞かざる」

「聞か猿」は、このパソコンは「**着飾る**」と変換する。

「着飾る」者は「外見」を気にかける人々である。
　野良着よりも「派手」な恰好をしたい人々である。

　因みに「家康」は「**家や巣**」と変換されるのだ。
　不思議でござろう。

「見ない・喋らない・聞きたくない」
　使えない目と口と耳ならば仕方のないことだが、塞い
でいるということは3つとも使えるということだ。

　物真似猿は猫を眠らせておとなしくさせ、

**　　　　　何を見て、**

**　　　　そして何を聞き、**

**　　　　何を見なかったことにして、**

そして何を喋らないと誓ったのか。

それとも、猿よ！
お前は、見てはならないから、その目を塞げ！
お前は、しゃべってはならないから、その口を塞げ！
お前は、聞いてはならないから、その耳を塞げ！
と言われたのか？
「3匹の猿」は、どんな役目を負っているのか？

東照宮の「猫」と「猿」、そして「馬」、全てが「獣」
である。

ここは神の国。日いずる国。
この島国は、この地球上で一番先に「光り輝く国」。

その「光る国」「日いずる国」の「東の地」を照らした
い！　と願ったのは、

「家康」ではないのではないだろうか。

過去の歴史は、嘘からでき上がった
歴史でしかないと思えてくる。

あの「大彦命」の先祖であった「ねこ」と同じ響きを
持つ東照宮の眠らされてしまった猫は、後から彫られて

はいないだろうか？

　この国の東の地を守りたくて宮を建てたとしていたのなら、この日本を西と東に分断して「対の形」の「2つで1つ」になり、西の役目と東の役目があったと仮定したなら、「2つ」。
　城には「山城」と「平城」がある。
「穏やかな武士」と「腹を切る武士」がいる。

　この世は「対の世」。
「表へ出ている歴史」と「陰になった歴史」。

　東に生まれた善右衛門の息子。
　坊主になった「寛明」が、のたれ死んだ場所。
そこは東の地の「勿来（なこそ）」。

　勿来とは**「来る勿（くなか）れ」**という意味である。
　この勿来には**「勿来の関（せき）」**がある。

　そして、阿部家が忍から移ったのは「白川」の地。
　その白川にも**「白川の関」**がある。
　入ってきてほしくない場所、それは「東の国」

　　　「日いずる国の、東の地」。

　そして、その東の地へ入って来るな！　というのが神の意志だとするならば、善右衛門の時のように繋がる文字を追って行けば、同じ善右衛門の「阿部正勝」に辿り着いたように、正勝から繋がって来るのは、正勝と同じ名を持つ、

　「正勝吾勝勝速日」 という神。
　正勝神の別名 **「天之忍穂耳命」**。

　そしてこの神は **天照大御神の子** であり、

　「五穀豊穣の神」 である。

　「五穀」という音、それは
　善右衛門の「五石」と重なってくる。

　「正勝」は「農業神」であり「稲穂の神」である。

　さすれば、今から3000年前に渡来してきた弥生人が「稲作」を持ってきたという学校で習ったことだが、これも嘘なのだろう。

　弥生人と言われる **「渡来人」** よ。

　他所の国へ渡って来て、

「渡来人のお陰でお前たちは飯が食えているのだぞ！」
　とでも言いたいのか？

渡来人よ！　不届きである。

縄文時代とは1万年前の話である。

　この「縄文」という文字の「縄」という字。
「縄」になる元は「干した稲」である。
　当然身近に藁があったので、土器にも模様をつけたと
考えるのが自然だろう。

　「稲穂」からできるのは「藁」。
　子供は「神」からの授かりもの。
　故にこの日いずる国の「子供たち」を「藁部」と呼
ぶ。

「部」とは？
　藁の辺りにいる人々と解釈をする。

　よって「阿部」は、「**あの辺りにいる人々**」と解釈す
る。

　藁部にいる童たちは「子は宝」と呼ばれる。
　宝は「ウの下の玉」と書く。

玉のような赤ちゃんを生^なすは女。
赤子が生まれればめでたきこと。

捻れている、良いことと、悪いこと。
この世は真実と嘘が入り乱れている。

めでたいといえば、正月の縁起もの、
正月の和飾りである。
これも「藁」で作った物である。

因みに神社にある「しめ縄」も
「藁」からできている。

このしめ縄の意味は、「現世と神域を隔てる結界^{けっかい}」の
役割をもっているらしい。

この国は昔から稲穂と共にあり、「藁」を神聖な物と
して扱ってきたのではないだろうか？

「わら」と発するなら「和達^{わら}」と書き、それは「〇達^{わら}」
である。

ということは、「和の心」は「輪の心」であり「丸い
心」である。

131

角をとった「〇意心」は、恥ずかしながら某、若い頃に、先人に「その角をとり丸い人になれ」と言われた言葉である。

　ハッハッハァ～。

　「角」をとる。
　正月に飾る「門松」は「角を待つ」と解釈できる。

「門松」の意味は、角をとった「〇意心」の人々を待っているのである。

　角をとって丸い心の人が増えれば、穏やかな時間がくる。

　和する人々が増えれば、人々は「穂っ」とする。
　そして人々に「藁意」が起きる。
　そこが、神が与えたかった穏やかな人々の暮らしだったのではなかろうか。

　松江が戦わずに川越へ帰ったように、争いの無い世界を願っているのは、神も人も同じ心ではないだろうか？

　けれども、ここは苦しみの世界。
　生きてゆくのが辛い世界。
　辛すぎて、そして時に流されて溺れかけてしまう。そ

して溺れし者は、

「藁尾も掴む」のである。

　藁は神が創った自然の種からできている。
　真実の暮らしは、今まだ暗がりの中、闇の中である。

　この東の暗がりをせめて照らしてほしいと、明かりを点けてと願い、「松明」を焚く。
　その明かりを灯すのは「松の明かり」である。

　夜が明けぬ故に「松明」を焚いて明るくさせたいと願うは「まつのこころ」である。
「松のこころ」は「待つの心」である。
「たいまつ」は「鯛を待つ」と書き、

　今の世のめでたきことは「鯛」であるが、今が神のいない世の中なら、「めで鯛」と言われている「鯛」は、めでたくもなくである。

　今の教えの逆が真なり！　である。

　目出度い鯛の後ろに置かれてしまった「鷹」がいる。
　鷹は阿部家の家紋である。

「阿部家」は「鷹達」
と書いて「鷹達」と読
み、それは「宝」なの
ではないのかと思えて
くる。

「ら」の音は、「お前たち・若者たち」の「達」と書いて
「ら」と解釈する。
「大勢」というように解釈したい。

そしてこの国の「鷹ら」は「鯛の後ろ」にいる。

今の世は、全ての順番が違っているのだ。

後ろの正面にいる鷹こそが本来の目出度きことで、
「鷹たち」は、この国の「宝」なんだろう。

これは、もうすぐ夜が明けるということなのだろう。

そして夜が明ける時に「鶴と亀」がすべる。
「鶴」と「亀」は何を意味するのか？

この世が逆になっていて、この世の順番が違ってい
て、捻れている世の中なのである。
だからこんなに苦しいのだが……。

　真実は、
　1番が「鷹」で、2番が「鯛」であり、
　1番は「鷹」であり「松」である。

　よって、2番は「鯛」であり「富士」である。
　今は真っ暗闇の中、助けてほしい「猫の手」も無い。

　めでたきこともめでたくはなく、捻れてしまっている
この社会。

　鳩は平和の象徴とされているけれど、阿部の願いが
「民の幸せ」だとするならば、それは「穏やかな時」。
　阿部が待っているのは、松江が戊辰戦争の時に戦わず
に川越へ帰ったように、

「戦いの無い世界」
　　　　を待っている。

　それが神の願いでもあろう。

　この稲穂の神、大彦命の親は、欠史八代の1人、孝元
天皇である。

が、この神は名前を沢山持っているのである。

　大彦命の親である「孝元天皇」の別名は、あの「阿部正勝」から辿り着いた「正勝吾勝勝速日天之忍穂耳命」であり、この神の親は「天照大神」である。
　この「正勝吾勝神」は、名前の後ろにもある「天忍穂耳命」とも名乗り、「大倭根子日子国玖琉命（猫天皇）」とも名乗っていたのである。

　全て同じ神である。

　ネットの中では「孝元天皇」の親の名前は「孝霊天皇」とあるが、「孝霊天皇」と書かれていても、当然某、繋がりは「正勝」の方を選択する。歴史の中で書きかえられていた阿部一族である。
　この国の神話も書きかえられていたであろうと思われる。親子の繋がりなら、尚のこと書きかえられていると思われるのである。
　これもまた、善右衛門の父上探しと同じように、

　大彦命の父上はどなたぞぉ〜。おおぉぉ〜い！

　である。

　独断と偏見で追いかけてきた阿部家である。

いろいろといじられていて当たり前である。

　何故なら阿部一族は「天照大神」の孫の「大彦命」の流れをくむ一族なのだからである。

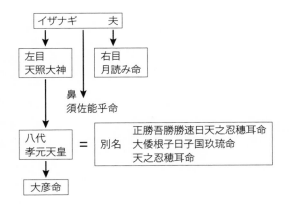

　阿部一族は神の子、天子と言われていたのかもしれない。

　某の妄想はもっともっと迷走を始めるかもしれない。

　これほどまでの、「大きなまさか」はござるまい。
　ハッハッハッハァ〜。

おわりに

　むかし、むかし、まだ20代の若かりし頃。

　徳川家康を祀っているという久能山東照宮へ行った帰り、白いタンポポの綿毛のような、不思議なものをたくさん拾いました。

　その帰り道、ロープウェイで一緒になった見知らぬ人から、「それは謎の生物といわれているケサランパサランだよ」と言葉をかけられました。私はすぐさま「そんなはずないですよ、そんな貴重なケサランパサランだったら、あんなにいっぱい、道に落ちてないですよ」と彼に言ったものの、私がこれを拾ったのは、何を隠そう私自身が「あっ　ケサランパサランが落ちている」、そう思ったからなのでした。

　でもあっちにもこっちにもたくさん落ちていたので、「これはそんな貴重なものではなかったな」と思いながら、それでも、両手にいっぱい抱えてロープウェイに乗ったのです。

　それが見知らぬ人に「ケサランパサランだよ」って言われたわけですから、ちょっと驚きました。

　私は違うものだと思い、彼は本物だと思って言ってきたのです。

　そこで私は、誰も解らないから不思議なものとして名付けられた「ケサランパサラン」なのだから、彼が本物

だと言うのなら、私も本物だと思えばいいだけのことと思い、捨てることは簡単だけれど、「これは本物」と思い込むことにしました。こんな不確かなものだからこそ、あえて信じて持っていようかなと、その時思いました。そう思って大事に持ち帰ってきました。

　たくさんあったその「ケサランパサランもどき」は、いろんな人にあげてしまって、私の手元には最後の1つしか残っていません。けれども、あれから数十年、今でも原型を留めていて枯れていないということは……？

　信じるものは○○○○○！　です。

　最後までお読みくださりありがとうございました。
　読者様の幸せを心より願っています。

著者プロフィール

善左衛門（ぜんざえもん）

1953年8月生まれ。
東北地方の片田舎で生まれ、高校卒業後、ある団体の誘いを受けて実業
団へ入るために上京。
今現在は、趣味として週1回合気道を学んでいる。因みに指導者ではな
い。あくまで、教えを受けている身。
この合気道から「人の生きる路の基本」を学んだと思っている。
「争わない武道」の教えこそが、人として学ばなければならない教えで
あると思い、小さい子供たちにこそ、教えるべきではなかろうかとも
思っている。

妄想でござる 嘘から出たまことの歴史物語

2021年2月15日　初版第1刷発行

著　者　善左衛門
発行者　瓜谷　綱延
発行所　株式会社文芸社
　　　　〒160-0022　東京都新宿区新宿1−10−1
　　　　　　　　　電話　03-5369-3060（代表）
　　　　　　　　　　　　03-5369-2299（販売）

印刷所　株式会社エーヴィスシステムズ